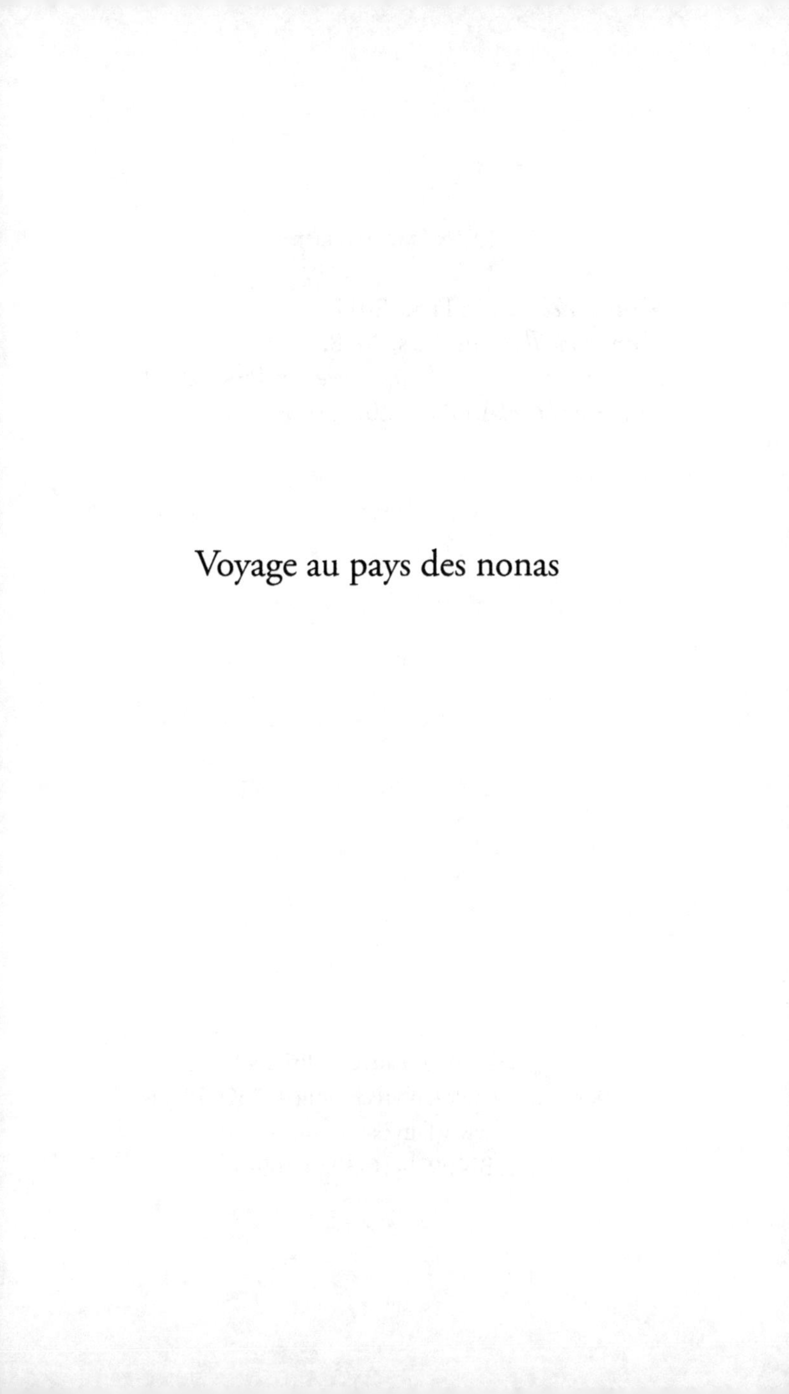

Voyage au pays des nonas

Du même auteur

Vieux et debout!, In Press, 2017.
Créer sa vieillesse, In Press, 2018.
La mort? Parlez-moi d'autre chose!, In Press, 2019.
Vieillesse oblige!, In Press, 2021.

9, rue de l'École-Polytechnique – 75005 Paris
www.fauves-editions.fr
ISBN : 979-10-302-0469-8

Paule Giron

Voyage au pays des nonas

Préface Marie-Françoise Fuchs

FAUVES ÉDITIONS

Collection
OLD'UP
dirigée par
Jean-Daniel Remond et Martine Gruère

La collection d'ouvrages publiés à l'initiative de OLD'UP s'adresse aux personnes âgées, à leur entourage proche et aux professionnels concernés. Elle entend contribuer à changer le regard de la société sur le grand âge et aider à une meilleure compréhension des personnes âgées.

Préface

Quelle joie et quel honneur pour moi de dire, à propos de ce « voyage », toute ma chaleureuse admiration pour le style et le dynamisme communicatif que Paule Giron déploie dans les pages qui suivent !

Elle est si juste et si vraie dans ce portrait de nos découvertes lors de ce nouvel âge, de ses richesses, des valeurs, des surprises partagées, qui nous font rire ensemble. Bien entendu, pour ceux qui ont la chance de ne pas s'être enfoncés dans les pathologies catastrophiques qui menacent cette décennie.

Cœur et esprit en alerte, émotions toujours aussi vives, réjouissons-nous de ce « dessert » à la table de la vie. Complicité, échanges sans tabous, rires partagés, humour vivace… Je suis heureuse que Paule nous les montre avec tant de talent et d'entrain.

Notre association OLD'UP n'espérait pas, à sa création en 2008, parvenir à réunir tant de membres, même « octo + » et « nona + », qui, ensemble, cheminent encore et gravissent les âges vers un accomplissement devenu sensible, vers les idéaux fondamentaux[1]. Plus humains, plus branchés vers le sens, vers une spiritualité questionnée sans cesse avec bonheur, que demander encore ? Mourir avec sérénité, que l'on nous y accompagne, main dans la main, vers une découverte de l'infini que nous abordons en « curieux » ou en « croyants » mais en souriante cohorte.

1. Voir Gérard Bonnet, *Vieillir : un retour d'idéal*, In Press, 2020.

Trois petites remarques à propos de cet ouvrage :

Premièrement, ce titre qui me fait inévitablement penser, moi née de père italien, à l'homonymie entre « nona » et « nonna », qui évoquent l'une la nonagénaire et l'autre la grand-mère (italienne). Avec l'espoir de joindre l'une et l'autre significations de notre âge et de notre fécondité future – au propre et au figuré, ne sommes-nous pas les « grand-mères de tous les petits nouveaux venus » ? Quoi de plus réjouissant que d'accueillir dans sa lignée un nouveau petit-enfant, de cœur ou de sang? Un commencement qui s'appuie sur notre « amour » inconditionnel et souriant.

Deuxièmement, la nouvelle complicité qui nous accompagne, Paule et moi. Comme deux adolescentes, nous nous racontons avec délices « tout et rien » ; téléphonons nos découvertes et rions comme à 15 ans! Quelle opportunité que ce moment où, « vieilles », nous

nous retrouvons disponibles pour refaire interminablement le monde !

Troisièmement, je voudrais aussi dire ma joie de m'associer avec Paule à l'aventure de notre nouvel éditeur. Éditeur qui n'a pas peur de nous entendre, nous les « vieux », et de nous faire entendre sur ses réseaux. Prendre le risque de relayer la parole et la pensée de notre génération, c'est fou, et nous sommes vraiment touchés et heureux à OLD'UP de cette formidable décision qui nous porte loin vers notre avenir.

Pour finir, merci à tous ceux qui nous soutiennent, nous encouragent et nous font vivre un temps si plein et si vivant.

Très bonne lecture, ensemble soyons sur un chemin de douceur, de bonté, de beauté, d'amour et de rires.

Marie-Françoise Fuchs
Fondatrice et présidente
d'honneur de l'association OLD'UP

Introduction

Voici à peine dix ans, la vieillesse était encore taboue. Quand j'ai voulu faire publier mon premier livre sur la question, le refus éditorial fut général : circulez, la vieillesse n'est pas à l'ordre du jour, on veut du jeune, du neuf, du jamais-vu, du changement, du frais, même si le neuf ressemble le plus souvent à du réchauffé, voire du rance recyclé, faisons comme si le nouveau monde était à nos portes et ne demandait qu'à entrer ! Quelques vieux énergumènes entêtés, comme l'association OLD'UP, n'avaient pas l'intention de se laisser disparaître sans avoir dit leur dernier mot. Et Dieu sait qu'un vieux, ça peut être têtu…

Nous nous sommes donc entêtés.

Un éditeur, complice de cet entêtement, nous offrit la possibilité d'une parole libre pour dire haut et fort que vieux, nous l'étions, mais gâteux pas du tout, et que nous réclamions le droit d'exister, d'être respectés, entendus, autrement que comme rebuts d'une société qui estimait qu'entre ses Ehpads et ses aides à domicile, elle avait suffisamment donné pour ses anciens pour n'avoir pas à rougir de cette « assistance à déchets respirant encore ». La tranche d'âge concernée et celle qui allait le devenir assez vite après la retraite réagirent plus que positivement. « Mais comment ? », ont dit les soixantenaires. « Vous nous dites que nous avons un avenir ? Ça change tout ! »

Et la vieillesse émergea enfin du terrier dans lequel elle s'était réfugiée. Les *Very Important Persons* elles-mêmes sortirent leur plume pour nous parler de leur âge : Pascal Bruckner, Edgar Morin, centenaire et notre fleuron national, et qui encore, et qui encore ? Ces dernières années, le vent s'est mis à tourner et les vieux ont de plus en plus envie d'exister à part entière. Finies les décisions prises pour nous et à notre place. Notre nouveau mot d'ordre est devenu : « Pour la vieillesse, rien sans nous et tout avec nous ».

Un bonheur n'arrivant jamais seul, la longévité s'est mise de la partie pour nous offrir, comme nous n'en avions encore jamais vu, un concours de centenaires. C'est à celui qui décrochera la timbale ! Il ne s'agit plus de « faire jeune » mais de vivre le plus vieux possible, de préférence en bon état, bien sûr. Arriver à cent ans n'est plus un challenge, c'est un couronnement ! Vous vous rendez compte ? Vivre un siècle, voilà qui n'est pas peu de choses ! Une de mes amies a manqué la timbale de près. Elle est partie six mois avant le terme. Nous étions tous conscients qu'elle tenait à son score et nous étions navrés qu'elle ait échoué si près du but !

J'aurais pu moi-même poser ma propre plume en pensant que nous avions à peu près tout dit sur la vieillesse et qu'il ne restait plus qu'à surveiller « l'évolution des choses » afin que les vieux continuent d'avoir envie de vivre et que la société continue de… donner l'impression qu'elle a vraiment envie de repenser l'accueil de ses vieux autrement que comme un hygiénisme insuffisant et qui a fait les preuves de son inefficacité en cas de Covid. Et puis, le temps s'en est mêlé. Je me suis aperçue que notre reconnaissance de la vieillesse comme cycle de vie à prendre en considération tournait à l'amalgame, qu'il y avait vieux et vieux et qu'entre un octogénaire et un nonagénaire, il n'y avait pas seulement une différence de… vieillissement, mais un changement à la fois si subtil et si radical qu'il valait qu'on s'y arrête pour examiner son contenu.

J'avoue que, plus je prends de l'âge, plus vieillir m'étonne. D'où ce livre qui propose une invitation au voyage intérieur au-delà des quatre-vingt-dix ans. Preuve, s'il en faut une que, jusqu'à la mort, l'être humain n'en finit pas de devenir.

1.
Le jour de mon anniversaire

Un corps, un psychisme, une culture,
qui ne changeraient pas, constitueraient
une structure non vivante, condamnée
à la répétition du même, du même,
du même, qui engourdirait la conscience.
Boris Cyrulnik

Je ne me lasse pas de citer Cyrulnik, tellement vrai quand il s'agit de parler du mouvement de la vie.

Je me suis surprise moi-même, le jour de mon anniversaire, à répéter à l'envi, et à qui voulait l'entendre, c'est-à-dire à peu près personne : « Quatre-vingt-treize ans, vous vous rendez compte !

Dans sept ans, j'aurai cent ans! » Ça n'a semblé faire ni chaud ni froid à ceux qui m'écoutaient! Fallait-il pleurer ou bien en rire? En tous cas, ce jour-là, j'ai vu qu'il ne me restait que sept ans pour arriver au siècle. Et alors? Alors un siècle, ce n'est plus seulement une vie, c'est aussi une histoire qui entre dans l'Histoire, ce n'est plus une fin de vie, c'est une consécration.

Vous vous rendez compte? Quand on est née en 1929, année du krach boursier, que l'on a grandi dans les mouvements de foule de 1936 et qu'on a onze ans au moment de la guerre; quand on a vu défiler les Allemands au pas de l'oie, puis les Américains en jeep, chewing-gum en bouche; quand on a appris, très jeune, que l'on pouvait tuer des Juifs, comme ça, pour rien, juste pour ce qu'ils étaient; quand on a vu pleurer sa mère le jour de l'armistice et pleurer encore à la Libération, pas avec les mêmes larmes;

quand on a vu de Gaulle défiler sur les Champs-Elysées et être dégommé des années plus tard par une jeunesse qui n'avait qu'une envie, en découdre avec « le père »; quand on a vu des femmes se lever pour dire: « Ça suffit! », à une époque où la définition du mot femme dans le dictionnaire était seulement: « compagne de l'homme »; quand on a vu des idéologies se lever, vaincre, tuer puis disparaître pour laisser la place à d'autres idéologies tout aussi mortifères; quand on a vu les Églises prêcher le bien et faire le mal, bref, je ne vais pas ici raconter le siècle, chacun complètera à sa guise, on ne me dira pas que l'on n'est pas devenu soi-même un petit bout de cette longue histoire. D'où le droit au « couronnement en fin de course »! Tout au moins une croix du mérite pour avoir survécu à un monde si désespérément chaotique! Et ce n'est pas l'actualité qui me contredira.

Je fais donc désormais partie de ce « petit bout d'histoire » dans cette si longue Histoire. Ce qui m'autorise à être à la fois de plus en plus consciente et sage, car tout ce vécu m'a appris à réfléchir, ou complètement dépassée par les évènements parce que trop c'est trop, ça va trop vite, pas le temps d'assimiler. Chacun choisit son camp et devient, comme on l'a dit parfois, une bibliothèque vivante ou un pauvre petit bouchon au milieu des flots, heureux de ne pas avoir encore coulé. Seule la conscience fait la différence. Et la conscience, qu'on appelle aussi le discernement, c'est ce qui va donner ou non un sens à la vie.

Donc, je résume. Le jour de mes quatre-vingt-treize ans j'ai dit : dans sept ans, j'ai cent ans. OK, mais entre-temps ? C'est de cet entre-temps dont j'aimerais parler, parce qu'il n'en finit pas de me surprendre.

2.
En même temps

Donne de la vie à tes jours plutôt
que des jours à ta vie.

Je croyais que cette prise de conscience suffirait à m'inscrire dans le peloton de tête de ceux qui vont décoller dans les huit à dix ans qui suivent. Point barre. Et si je ne m'en étais pas rendu compte, mon agenda aurait suffi pour me rappeler que le nombre de noms barrés définitivement dans mon agenda commençait à devenir de plus en plus dense au fur et à mesure du temps qui passe.

Côté « devenir », je voyais mal ce qui pouvait m'arriver d'autre dès lors que je vivais une vieillesse assumée plus ou moins joyeusement entre mes cannes, mon arthrose, et une petite famille en voie de développement. Un vieillissement continu, sans histoire, eu égard à ce que je voyais autour de moi où, s'il est vrai que 80 % de ces classes d'âge vont bien, les 20 % qui restent sont durs à vivre pour eux et leur entourage. Cette vitesse de croisière plutôt tranquille n'a pas duré. Un jour, en plein repas, invitée chez l'une de mes filles, voici ce qui m'arriva.

J'étais assise en bout de table, là où se trouve la place de l'ancêtre, car elle permet de voir tout le monde sans avoir à tourner la tête, bien pratique quand on a de l'arthrose. Le repas se déroulait, plutôt gai, nous étions tous contents de nous voir, quand je me suis sentie soudain comme complètement désintégrée de ma place habituelle. J'étais là et pas là en même temps ; parfaitement présente et parfaitement absente. Un peu comme si je disais au temps et à ma famille : « Continuez sans moi. Ne vous occupez pas de savoir si je suis morte ou vivante, continuez, continuez, avec ou sans moi. » De mon *no man's land*, je contemplais ce va-et-vient des générations où, entre ceux qui partent et ceux qui entrent, la continuité de la vie est assurée. Triste ? Pas du tout. Un « c'est comme ça », serein, un au-delà du temps et de l'espace qui fonctionne ainsi depuis des siècles et des siècles et que nous rendons compliqué avec nos affects et possessivités divers alors que rien n'est plus simple. « Le temps s'en va, ma dame, le temps s'en va. Las ! Le temps, non, mais nous nous en allons », écrivait Ronsard.

J'ai eu, à ce dîner-là, l'impression que je passais un cap. Il ne s'agissait plus de vieillesse qui va son cours mais de vieillesse qui a un but et ce but était, bien sûr, d'en finir un jour avec le « pleinement ici ». La fin pointait, en somme, le bout de son nez. Ce qui m'a surprise, c'est le calme avec lequel j'ai vécu cet instant. Aucune émotion, ni négative ni positive. Juste l'exposé d'une évidence. Ce jour-là m'a appris que j'étais entrée dans une phase de ma vie, la dernière, et qu'il me fallait désormais faire avec ce nouveau statut, celui de sujet encore là et en partance à la fois.

Plus grande encore fut ma surprise d'apprendre, en interrogeant d'autres nonagénaires, que nous partagions le même ressenti, tout aussi nouveau pour eux que pour moi. En effet, le vieillissement, pour eux aussi, prend un autre tour qu'à l'époque des « octos ». Pourtant, personne n'en disait rien. Il a fallu, pour délier les langues, que j'en parle d'abord, et alors, les récits se sont mis à affluer, comme soudain autorisés à s'exprimer. Il est vrai que, concernant la mort, la mienne comme celle des autres, nous étions verrouillés à tous les étages. Oser en parler clairement comme d'une évidence, une simple réalité, était impossible, la mort restait de l'ordre du non-dit.

J'ai parlé dans un autre livre de cette amie atteinte d'un cancer, phase terminale, et qui se plaignait de n'avoir pas le droit de parler de sa propre mort. Lui était opposé un refus systématique et souvent inconscient, permettant à la vie en marche de se dérouler normalement sans qu'on vienne la troubler par des propos dérangeants. Une sorte de « laissez-nous vivre en paix, la mort c'est pour les autres, pour après, pour plus tard, elle n'a rien à faire là où moi, je vis ». Ou c'est elle, ou c'est moi. Pas les deux à la fois. Retrouver ces propos, intacts, à quatre-vingt-treize ans, le même silence chez les concernés qui n'osent pas en parler pour, m'a-t-on dit entre autres, ne faire de peine à personne, voilà bien de quoi m'étonner. Nous croyons-nous immortels ? Et nos descendants ? Le croient-ils ? Cela ne méritait-il pas un coup de pied dans le tabou, un « laissez-les parler » ? Et vous, les enfants, apprenez à être adultes et supportez que vos parents vieillissent et meurent comme vous aurez à le vivre et à le mourir vous-mêmes plus tard. C'est la vie ! Et la vie sans la mort, ce n'est plus de la vie mais de la survie où tout le monde joue sa partition dans un refoulé général.

J'ai vécu (et mal supporté) ce mensonge-là, à la mort de ma mère. Atteinte d'un cancer qui ne la lâchait plus, elle faisait semblant d'avoir plein de projets pour « après le cancer ». Et nous jouions tous le jeu. Si l'un d'entre nous avait osé interrompre ce concours de mensonges, il aurait été traité d'inhumain, d'agressif, de sans cœur. Nier la mort était le mot d'ordre absolu, et quand quelques médecins avisés ont décidé d’arrêter ce jeu de dupes, nous les avons traités d’assassins en puissance. Comment pouvait-on oser dire la vérité à un malade ? « Ça risque de le tuer. » La mort n’appartient pas, dans cet état d'esprit, au malade mais aux bien-pensants qui veulent à tout prix en épargner l’idée à ceux qui sont concernés. C’est ce qu’ils prétendent. En fait, ils ont la trouille.

Les choses ont-elles changé ? Très peu. Ces comportements immatures concernant la mort sont encore largement pratiqués.

3.
Un pied en mer et un sur le rivage

One foot in sea and one on shore.
Shakespeare

Shakespeare est décidément grand. Comment mieux définir la situation d'un nonagénaire qu'en évoquant ce vers : « *One foot in sea and one on shore*[1] ». Un pied en mer et l'autre sur le rivage. Après un siècle d'apprentissage, un nonagénaire, ça passe son temps à découvrir qu'il ne sait rien, à l'inverse de l'ado qui ne sait rien mais pense qu'il sait tout. Merveille de chaque âge ! En même temps un pied en mer, le nona se sent

1. *Beaucoup de bruit pour rien*, 1600.

de plus en plus d'ailleurs. Un ailleurs qui ne l'effraie pas, ne l'inquiète pas, un ailleurs qui ressemble à une évidence, à qui l'on peut se fier et qui n'est pas là pour faire peur, juste indiquer une direction. C'est notre imaginaire qui nous fait peur. Aucune impatience non plus, ni souhait ni rejet. Juste un fait auquel on s'abandonne et qui, s'il devait prendre forme, serait plus celle de l'ange gardien que de la tireuse de carte. Intelligence de la vieillesse ! Quand elle est acceptée, il y a une douceur dans ce nouveau devenir entrouvert qui force le respect. Intelligence de la vie qui me laisse étonnée et qui semble tellement, tellement plus sage que moi quant à la connaissance des choses.

J'ai souvent comparé la mort à la naissance. Comparer, c'est peu dire : ce sont les deux faces d'une même réalité. On se demande pourquoi l'on se réjouit tant du bébé qui va naître et pas de l'aïeul qui va pourtant vivre ce que le bébé a vécu.

Pourtant le vieillard et l'enfant n'ont fait que « changer d'état ». Pour l'un les rires, pour l'autre les larmes… Nous avons encore beaucoup à apprendre.

One foot in sea and one on shore. Curieuse mutation où la mort qui fut ennemie prend désormais l'aspect d'une alliée sans pour autant empiéter sur les quelques années qui restent. Ces jours-là ne sont pas et n'ont pas à être en mon pouvoir. Je sais si peu de choses de la vie. Mieux vaut laisser être que de vouloir la programmer. Il est vrai que pour accepter sereinement cette discrète idée de la mort dans nos vies de nonas, il vaut mieux avoir un jour cessé d'en avoir peur. Sinon, verrouillage immédiat au moindre ressenti qui pointerait son nez dans nos vies accrochées au rivage comme des moules au rocher.

Je suis toujours frappée par ce mot qui revient à l'envi chez tout nonagénaire : « Je suis, disent-ils, fatigué. Fatigué, fatigué… » Quelle est-elle cette fatigue qui ne disparaît pas après le repos ? Quelque chose qu'on appelait autrefois le poids des ans, une immense lassitude face à un quotidien de plus en plus répétitif où l'on fait les choses parce qu'on les a toujours faites. Mais ne m'offrez pas de remède, Docteur, ça ressemble plus à un « marre de vivre » qu'à un manque de vitamine C. Alors ? Antidépresseurs ? La médecine a réponse à tout, ce qui lui permet de n'avoir aucune écoute sur le déroulement d'une vieillesse assumée quand elle est créative ou dépressive, ou quand elle s'installe dans le ressassement et la répétition. Chaque nona connaît les deux aspects du programme et ne peut supporter l'idée de sa fin de vie que s'il entrevoit la mort comme un futur à vivre et pas comme une catastrophe absolue. Un peu comme j'imagine que cela doit se passer pour le bébé, pas loin du terme, qui commence à « tourner en rond » en se demandant s'il existe une issue à ce qui fut pour lui un lieu de vie et est soudain devenu trop petit, trop étroit, trop « tout le temps la même chose » au point d'avoir envie de forcer les portes du ciel.

Cette nécessité vitale de « devenir » saisit-elle tout autant le spermatozoïde que le fœtus au bord de naître, que le vieillard au bord de la mort ? Qu'est-ce qu'on dit quand on assure que l'on est fatigué ? Que quelque chose peine à devenir, traîne un peu ou beaucoup, hésite sans doute avant de sauter ; l'ennui est toujours annonciateur d'une « panne à devenir », d'un bing-bang en attente, autant d'états ressentis par tout vieillard attentif à lui-même. Cet ennui que l'on distrait dans les Ehpads par des parties de dominos ; de Scrabble et quoi encore destinés à occuper la tête du voyageur, assis sur un banc en attendant que le train passe.

4.
Mon ego n'aime pas la mort

Fatigué, ça veut aussi dire sans projet, me souffle une nonagénaire amie. Quand on en reste, après quatre-vingt-dix ans à ce triste ressassement qu'un auteur de la Pléiade résumait joliment : « Plus ne suis ce que j'ai été / Et plus ne saurais jamais l'être : / Mon beau printemps et mon été / Ont fait le saut par la fenêtre[2] », la déprime me guette. Qu'est-ce qui, en moi, refuse d'avancer sans plus pouvoir reculer ? Force est de convenir que mon ego, une fois de plus, me joue des tours ! Force est de convenir que ce sacré

2. « Plus ne suis ce que j'ai été », Clément Marot (1496-1544).

jojo n'en finit pas de se croire éternel et quand il ne peut plus donner le change s'installe dans la plainte du « Mon Dieu, qu'est-ce qui m'arrive ? », d'habitude ce sont les autres qui y passent, mais là, on dirait bien que c'est mon tour ! Avec l'ego, c'est toujours la même chose : je suis éternelle par définition et si quelque signe fâcheux du destin se mêle de me faire entendre le contraire, je n'ai plus qu'à m'installer dans le camp des pleureuses qui n'hésitent pas, s'adressant à Dieu, à lui dire : « Me faire ça à moi ? Vous êtes gonflé ! »

Ce que j'aime dans mon ego comme dans celui des autres, c'est qu'il est sans vergogne ! Côté « mépris », il est balèze. Bien qu'il n'ose pas trop le dire pour ne pas friser le ridicule, il n'est jamais bien loin de penser : « Ma mort prochaine est un scandale. J'ai l'impression d'avoir à peine vécu que déjà le rideau se baisse annonçant la fin de la pièce ». Sacré ego ! Tour à tour surdimensionné puis sous-dimensionné au gré de l'humeur du jour, instable par définition, il manque à nos générations un Molière qui eut si bien su faire rire le vieil homme devant sa mort envisagée. Fatigué, ça veut dire sans projet. Mais pas sans programme. Face à un ego désarmé, qui sent bien qu'il ne maîtrise plus grand-chose, reste l'euthanasie, seul recours qui permet à l'ego de dire devant la mort : « Puisqu'il faut y passer, ok, comment faire autrement ? Mais alors c'est MOA qui décide. Le jour et l'heure ce sera mon affaire et pas celle de Dieu ou du hasard. »

« J'ai l'impression d'avoir à peine vécu », dit parfois la complainte du nonagénaire. « Si c'était à refaire, je ferai autrement », ajoute-t-on aussi. Et si en attendant que Dieu ou le hasard décide, on essayait de voir ce qui manque à l'ego réfractaire : un projet ? J'ai l'impression, en parlant d'un projet à des nonagénaires, que je risque de provoquer une fuite éperdue. Tous aux abris ! Un projet ! Vous vous rendez compte ? À notre âge !

Un projet, pour le plus grand nombre, c'est un agir efficace, militant, engageant, qui vous pique du temps sur votre sieste ou les visites des petits-enfants qui sont assez rares pour ne surtout pas les raccourcir encore.

Un projet ? C'est du stress. Il est vrai qu'à observer les plus jeunes on pourrait penser qu'un projet, c'est courir tout le temps, respirer quand on peut, vivre en permanence comme s'il y avait le feu. L'important c'est moins le projet que de donner l'impression d'être débordé. Eu égard à la vie ralentie d'un nonagénaire, ce portrait-là est impensable.

« Mais non », dit une nona qui a un jardin. « Mon projet à moi, c'est de planter, surveiller, voir pousser et grandir la vie. Varier les espèces, les couleurs, les tailles. Faire ce qu'ont toujours fait nos ancêtres : cultiver son jardin. »

Sait-on vraiment qu'un être humain est un monde à cultiver et explorer ?

5.
Quel jardin cultiver ?

Arrêter de comprendre
c'est commencer à mourir.

J'entends d'ici les râleurs : « Je n'ai pas de jardin. » Bien sûr que si, même en ville. Nous avons un jardin. Un jardin intérieur qui ne demande qu'à être cultivé, assis, tranquille dans un fauteuil, sans bouger le petit doigt ni devoir arroser. Combien de nonagénaires savent cela ? Ils laissent souvent en friche leur jardin intérieur au bénéfice d'une activité délétère qu'on appelle le ressassement.

On entend souvent chez les vieux cette plainte perpétuelle : « Je n'ai plus de mémoire ! » C'est vrai pour la mémoire immédiate. Essayer de se souvenir de ce qu'on a mangé la veille, quoi, chez qui, comment, c'est peine perdue. Essayer de retrouver le nom du médicament que l'on prend deux fois par jour pour le signaler au médecin qui attend la réponse en face de vous, c'est peine perdue. Plus vous cherchez, moins vous trouvez. De là à en conclure que ma mémoire comme ma jeunesse s'en est allée, il n'y a qu'un pas vite franchi.

Pourtant, c'est faux. Si la mémoire récente nous manque, la mémoire ancienne est d'une précision stupéfiante. Bien meilleure qu'autrefois. Je m'en suis aperçue un jour où, tentant d'évoquer ma rencontre avec mon mari, soit une soixantaine d'années avant, je fus sidérée par la précision du souvenir. Jusqu'au grain de sa veste, couleur du pantalon, cravate, chemise, chaussures, tout était là, intact, n'ayant pas pris une ride, pas plus les vêtements que les propos. Un vrai retour aux sources !

C'est depuis cette découverte que j'ai pris l'habitude de revisiter tel ou tel trait de mon passé pour pouvoir examiner ce qu'il a à me dire et que je n'aurais pas vu à l'époque des faits. Voilà une passionnante exploration à la condition qu'elle ne soit pas du ressassement mais de la « revisitation ». Contempler son nombril n'a rien à voir avec l'exploration.

Mon regard d'aujourd'hui n'est pas le même que celui d'autrefois. Certains faits qui m'avaient alors échappé s'éclairent soudain d'une tout autre compréhension. L'âge, l'expérience sont passés par là, changeant le regard que je porte sur ma première impression. Assise, tranquille, je me repasse le film et le voilà qui me livre des informations que je n'avais jamais perçues avec une telle acuité. Je retricote différemment mon histoire hors des influences diverses qui avaient alors brouillé mon ressenti et ma réflexion.

Dès lors, le passé s'affine, livre son sens. On ne ressasse plus, on relit : ou bien on réécrit l'histoire en exhumant tel ou tel trait resté dans l'ombre. Au lieu de la ressasse, c'est le discernement qui remplace, offrant le recul nécessaire à une meilleure compréhension d'un vécu dont le sens nous avait échappé.

Cela pourrait ressembler à une vie qui apprendrait sur le tard à faire entrer de la lumière là où les zones d'ombres étaient restées en friche. Cela pourrait aussi ressembler à cette vieille idée à laquelle on ne croit plus et qui avait pourtant un sens : avant de partir, mettre de l'ordre dans ses affaires ! J'ai toujours perçu cette idée comme une sorte de nettoyage des papiers et des placards, ce qui m'a toujours paru bourgeoisement inutile pour ceux qui vont partir puisque, quoi qu'il arrive, ils n'emporteront rien ! Mettre de l'ordre dans quoi au juste ?

Je découvre maintenant que cette idée avait un sens bien au-delà du pied de la lettre. Mettre de l'ordre dans sa vie, c'est peut-être avoir enfin le temps d'essayer de la comprendre, en saisir la substantifique moelle, en découvrir le sens et qu'elle en avait un, bien au-delà de celui que nous nous contentions de lui donner. Apprendre, enfin, que nous sommes des âmes en marche, nées pour se développer, créer, grandir, devenir un poil plus qu'au départ peut-être, en tous cas devenir ; être soi et un autre en projet. S'adapter à cette étrange découverte, celle de n'être le soir jamais le même que le matin. Et quand je suis la même, comprendre que je dois être en panne.

Aucun nonagénaire ne peut justifier son ressassement tant qu'il a encore tous ses neurones pour fonctionner. Ressasser, c'est faire du surplace, revisiter c'est remettre du sens dans ce qui n'en avait pas. Et qui tournait en rond. J'en donnerai ici un exemple qui m'avait beaucoup intéressée.

Revisitant un jour une part de mon enfance, j'ai pris conscience d'un « passé sous silence », inaperçu, jamais « mis au jour ». Je devais avoir six ans, sept ans peut-être, et je me revois entourée des miens : Papa, Maman, le grand frère, la grande sœur et… la p'tite (moi). J'ai alors réalisé que tout, à cette époque, tournait autour du père, souvent absent. « Il revient, il arrive, il rentre dans deux jours, il sera là pour le week-end. » Il repart, il revient, il repart, il revient, ce ballet familial était orchestré par ma mère qui nous donnait le programme du jour en fonction des départs et retours de Papa.

Je n'avais, jusque-là, jamais pris conscience d'à quel point les familles d'alors vivaient entièrement au rythme du patriarcat. La grande Histoire entrait dans ma petite histoire, j'étais un minuscule atome tournant avec des milliards d'autres dans un immense cosmos, celui de l'ère du patriarcat. (Je précise que je n'ai rien contre le patriarcat, indispensable à la bonne santé des familles. C'est contre ses abus de pouvoir délétères que je proteste vigoureusement.)

Qu'avait donc à m'apprendre, à quatre-vingt-treize ans, cette petite scène de l'enfance, presque une image d'Epinal tant nous avons tous connu, dans ma génération, les allers-retours de Papa orchestrés par Maman ? Simplement ceci : j'ai bien vécu mais pas perçu aussi clairement qu'aujourd'hui l'extrême fragilité de ce patriarcat qui se dévoilait soudain derrière la saynète. Il suffisait que l'un des deux parents sorte de son rôle pour voir exploser en vol la sainte famille respectée depuis des siècles. Papa dehors, Maman aux ordres, les enfants, le doigt sur la couture des pantalons, voilà bien une image qui nous est devenue insupportable, à nous, modernes, qui avons bien souvent payé le prix de ces explosions en vol et qui avons enfin décidé les femmes à exister par elles-mêmes sans devoir rendre des comptes à « l'exploiteur en chef ».

Ça n'a pas été, nous le savons tous, sans chaos dans le Landerneau familial, mais enfin nous pouvons actuellement espérer que les relations de couple, et celles des parents et des enfants, ne soient plus désormais conditionnées par un pouvoir usurpé au détriment des autres mais par une saine égalité où chacun prend sa part et s'autorise le droit d'exister à part entière, tout en respectant ce même droit chez les autres. Lire à ce propos, l'excellent livre de Marie Balmary, *Abel ou la traversée de l'Eden*[3],

3. Grasset, 1999.

où la psychanalyste revisite le mythe du paradis terrestre et nous éclaire sur l'erreur du couple quand l'un des deux veut le pouvoir. Une belle leçon de vie !

Les jeunes ne s'y trompent pas quand les vieux cherchent à leur transmettre ceci ou cela de leur vécu. Ils reconnaissent tout de suite le vide de la ressasse ou le plein du vivant. Une vie jamais revisitée, c'est un peu du gâchis. Là où la conscience n'est pas repassée pour éclairer les zones d'ombre, il n'y a plus qu'une transmission de perroquet. « Et nous voilà dès lors condamnés à la répétition du même, du même, du même » comme le décrit si bien Boris Cyrulnik. Ressasser, c'est re-raconter des années plus tard avec la même émotion et sur le même ton telle ou telle tranche de vécu. Quel intérêt ? « Passe en seconde ! », me disait mon mari quand je me répétais.

Revisiter, c'est reprendre cette tranche, la débarrasser de l'émotion pour mieux entendre ce qu'elle avait à nous dire et que nous sommes enfin prêts à entendre.

Revisiter, c'est extraire des pépites d'un fond de cave que l'on croyait stérile. Et voilà que la culture de mon jardin prend forme.

À plus de quatre-vingt-dix ans, et cela peut durer jusqu'à cent ans et plus, voilà que je ne m'ennuie pas quand je me revisite. Ce n'est pas mon ego qui se répète, c'est ma conscience qui se réveille. Passionnante, la vie, quand la vôtre vous intéresse.

Et c'est vrai que cela ressemble à une sorte de mise en ordre. Il est évident qu'on n'éclairera pas tout mais le perfectionnisme, ici, n'est pas de mise. L'important, c'est le plaisir que l'on ressent à avoir installé l'électricité là où on se contentait d'un vague éclairage à la bougie, bourré de zones d'ombre. Et les vieux neurones s'en trouvent satisfaits. Eux que l'on ne sollicitait pas dans la ressasse sont appelés à reprendre leur activité et s'en trouvent stimulés. Il n'existe pas des gens bêtes et des gens intelligents. Il y a juste ceux qui font un bon ou un moins bon usage d'eux-mêmes. Ce sont souvent les mêmes à des périodes différentes de leur vie.

J'ai cité dans un autre livre mon grand-père qui ressassait sa guerre de 1914 dans les tranchées. Son vécu émotionnel encore sans doute traumatisé ne nous transmettait rien d'autre qu'une émotion durable. Mais au-delà, quelle réflexion sur la guerre de 1914 qui aurait marqué nos esprits aurait-il pu nous laisser ? Il est hélas parti avant d'avoir fait sa « revisitation », emmenant avec lui une connaissance de ce temps-là qu'il avait laissée en friche. À nous de faire le travail… ou pas ! Et nous devrions savoir que chaque génération a à compléter, réparer, prolonger ce qui nous a été légué. Qu'ils soient lourds ou légers, les héritages invitent à « aller plus loin ».

A contrario, j'avais une tante qui avait eu une vie mouvementée, des maris, des amants, des enfants, des voyages et qui, lorsqu'elle nous racontait son histoire, me donnait l'impression d'être dans un film d'époque dont l'héroïne cherche l'amour toute sa vie et, ne le trouvant pas, part finalement en Inde s'occuper des enfants, comme Mère Teresa !

Tout le monde n'a pas, bien sûr, ces trajets de vie-là. Mais quelqu'un qui vous transmet qu'après avoir longtemps cherché l'amour, c'est en elle qu'elle l'a trouvé, c'est quand même quelque chose à raconter aux juniors, friands de ce qui a du sens.

6.
Transmettre, oui, mais quoi ?

Que le vieux soit acteur de sa vie
et pas seulement patient.

Les vieux sont souvent très soucieux de savoir quoi transmettre, et souvent déçus de constater que ce qu'ils croyaient être transmissible, d'évidence, ne passe pas.

Ce souci-là, on le rencontre souvent chez les croyants de tous bords. On a fait « tout bien ». Les enfants ont été baptisés, ils sont allés au catéchisme, ont fait leur communion, etc., et quand on essaye de parler foi avec eux, c'est la grosse surprise. Entre un courtois « ça ne m'intéresse pas » et un agressif « tu ne vas tout de même pas me demander de croire à toutes ces sornettes », ça ne passe décidément pas.

Les octos, sur ce terrain, sont plus frustrés que les nonas qui sont devenus philosophes, habitués à perdre et à n'être pas entendus. Les octos s'accrochent encore ou voudraient le faire, ne comprenant pas pourquoi ce qui fut leur vie, leur foi, leur culture, passe si mal. Et comble d'incompréhension, ces mêmes jeunes si méfiants de la culture des parents, emboîtent volontiers le pas de telle ou telle idéologie qui leur paraît neuve et si nulle à nous-mêmes. Ainsi vont les générations et particulièrement la nôtre. Les juniors croient qu'en faisant table rase, ils inaugurent un nouveau monde, quand les vieux rêvent de voir les fils marcher dans les pas des pères !

Alors, la transmission ? Peut-être serait-il plus sage de la mettre au grenier dans la malle! « Vieilles maisons, vieux papiers » au bénéfice d'un réfléchir ensemble plus créatif pour chacun. Beaucoup chez les vieux le font, ayant considéré que leur culture les avait menés dans une impasse dûe à un excès de credo dans le progrès et les églises, laïques incluses.

Dans ma génération et les précédentes, on était peu enclins à remettre en question. On suivait ou alors on s'inscrivait dans la case « anar ». Seuls quelques excellents penseurs osaient interroger leur temps. Maintenant, dire à un ado de quatorze ans qu'il est bon d'écouter les aînés, c'est risquer de s'entendre répondre : « Mais quelle horreur, jamais de la vie! C'est moi qui décide d'être ou ne pas être. Personne d'autre! » Chacun son truc!

M'étant fait renvoyer dans mes baskets par l'une de mes petites-filles, j'avoue qu'elle marque un gros point d'avance sur ma propre évolution. Je ne me serais jamais permis de penser comme elle avant trente-cinq ou quarante ans ! Cette génération nouvelle est à la fois plus claire et plus fragile que la nôtre. En fait, nous avons beaucoup à apprendre les uns des autres.

Alors, transmettre quoi ? Du revu et corrigé, oui. De la culture de perroquet, non. Du vivant, rien que du vivant, et adieu les idées reçues. Ne jeter la pierre à personne. On met très longtemps à dégager « l'homme tout court » de l'homme social. Il faut souvent toute une vie.

Quant à la transmission de la culture, faut-il rappeler que le savoir de la tête pleine, s'il peut faire illusion, est loin d'être aussi délectable que la connaissance qui est, elle, un produit du vécu ? Et là non plus, les jeunes ne s'y trompent pas. Ils savent ne pas mélanger les joies d'une culture digérée, intégrée, transformante et le « rasoir » d'une grosse tête trop pleine et fière de l'être.

À nous, les vieux, de n'être pas offensés d'avoir à apprendre des jeunes. Ceci ne fait que rétablir une vérité élémentaire que nos suffisances oublient : dès lors que l'on fait un enfant, nous n'allons, ni lui, ni nous, faire autre chose que d'apprendre de l'autre. J'ai élevé mes enfants, soit, mais eux aussi m'ont élevée. Croire à une éducation à sens unique, c'est vraiment manquer la moitié de l'échange. On y a cru longtemps, longtemps, du temps du patriarcat.

La conscience « moderne » ne veut plus de ces sens uniques. Elle réclame de l'échange. Alors, transmettre quoi ? Une culture, une croyance, une lignée ? Tout est valable si ça passe. Si c'est nul, s'abstenir de rêver d'un monde disparu. On ne va pas s'étonner d'être renvoyé dans ses baskets. Ça peut nous apprendre à vivre, à quelque âge que ce soit. Et puis, faut-il rappeler aux vieux que, sur ce chapitre, ils manquent souvent de mémoire et qu'ils furent souvent eux-mêmes des adolescents rebelles ?

J'aimerais clore ce chapitre par une remarque qui va à rebours de tout ce qui se pense ordinairement.

Il est de bon ton, chez les jeunes, de clouer les parents au pilori parce qu'ils n'ont pas été assez ceci ou bien cela. La complainte des mal-aimés ! Rompant avec cette tendance victimaire, le philosophe André Comte-Sponville dit de son père : « Je le remercie d'avoir été un père insuffisant, cela m'a permis de le quitter plus facilement. » Voilà qui tranche sur le discours habituel ! Il apprend aux ados que, le pire pour un jeune, c'est d'avoir à quitter ce qu'il a tant aimé ! Quelle leçon de sagesse… Merci Papa, merci Maman de n'avoir pas comblé ma vie… Vous m'avez laissé de la place pour me créer.

Que voilà une belle leçon de vie pour des parents toujours culpabilisés et qui rêvaient d'être Dieu pour leurs enfants! Belle leçon aussi pour les enfants trop habitués à demander de l'amour en oubliant qu'être adulte, c'est apprendre à aimer.

7.
Les jeunes générations nous regardent vieillir

Si on cherche tant à soigner, n'est-ce pas parce qu'on ne sait pas aimer ?

Ce qui nous rend gâteux, nous, les nonas, c'est de tourner en rond. D'où la proposition offerte dans ce livre : non à la ressasse ! Oui à la revisitation d'une vie qui mérite d'être réfléchie, car elle a tant à nous apprendre ! Quand vous n'y parvenez pas, demandez qu'on vous aide. Il n'y a pas d'âge pour avoir envie d'être un peu plus intelligent demain qu'hier.

« À quoi bon ? » diront les pessimistes. « À mon âge, pourquoi avoir envie de changer ! » Il ne s'agit pas de changer quoi que ce soit, il s'agit plutôt d'apprendre à vivre. Et il n'y a pas d'âge pour s'y atteler. « Après moi le déluge », continueront les pessimistes. C'est la pire phrase que l'on puisse entendre de la bouche d'un nona !

Sait-il, ce nona-là, que les jeunes générations le regardent vieillir et que ce qu'il leur montre est délétère, négatif, nihiliste ? De quoi saquer toute espérance chez les plus jeunes comme les moins jeunes ! Quand osera-t-on dire aux nonas qu'aucune maladie n'a atteint et qui se portent bien, que les générations futures les questionnent sur leur fin de vie ? C'est viable ou c'est pas viable ? Ça mérite d'être vécu jusqu'au bout ou autant tout arrêter tout de suite ? On ne meurt jamais seul, on laisse son empreinte, sa marque qui est celle d'une vie qui a du sens ou bien qui n'en a pas. Jusqu'à la fin, on reste dans l'échange et si l'on est si frileux sur la transmission, il semble bien que la plus belle est celle d'apprendre aux jeunes à vivre avant de mourir.

Tout mon propos s'adresse, bien sûr, aux nonas bien portants. Dès qu'il y a maladie, handicap, le respect s'impose, et les jeunes ne s'y trompent pas. « On ne tire pas sur une ambulance. »

Osons poser la question qui fâche : si tant de jeunes se détournent de la vieillesse, est-ce parce que ce qu'on leur montre n'est guère enviable ?

Quel bonheur quand l'un de nous prend sa plume, comme l'a fait Edgar Morin, pour dire : voilà ma vie, ses illusions, ses échecs, ses rebondissements, ses émerveillements et ses foutus quart d'heures. Un homme lucide, capable de retraverser son histoire, collé à son époque pour en transmettre le plus dur et le meilleur. C'est une leçon de vie tellement réconfortante que l'on a envie de marcher sur ses traces. Une vie vécue et non subie vaut tout l'or du monde pour le plus jeune. Si un jeune attend d'un nona un enseignement quelconque qui puisse lui servir de viatique, c'est bien celui-là et rien d'autre. Pas un modèle de vertu, un modèle de vécu.

Ces réflexions m'ont donné envie d'aller interroger une centenaire en bon état de marche. Interroge-t-on les centenaires ? Non. Ils n'ont rien à dire, un pied dans la vie et un dans la tombe, à quoi pourraient-ils bien nous être utiles ?

C'est ce que nous allons voir !

8.
Sacrée Odile

Les mots sont des fenêtres
(ou bien ce sont des murs).
Marshall B. Rosenberg

Odile, centenaire confirmée, m'a été présentée par sa cousine comme ayant toute sa tête et pouvant donc répondre à mes questions. Nous n'avons que sept ans de différence en somme, et ce grand âge mal connu mérite mieux qu'une interview ! Un « laisser parler l'autre ».

Dès qu'Odile est arrivée pour le déjeuner chez sa cousine, je me suis sentie, physiquement, de plain-pied. Difficultés à la marche, difficultés à entrer et sortir d'un ascenseur, bref, son corps avait son âge. Mais une fois casée, c'est-à-dire assise à table, ce n'était plus une vieille dame que j'avais en face de moi, mais une bombe !

D'une voix non chevrotante et claire, elle m'a résumé sa vie. Jeune enseignante, elle a été appelée par Houphouët-Boigny pour une mission particulière : partir à Abidjan et y créer un lycée de jeunes filles africaines, alors inexistant. Elle devait y rester un an, voire deux, elle y est restée quarante ans. Et que lui restait-il de ce long périple ? Une mémoire de cheval, que l'âge n'a jamais pris en défaut.

Lorsque sa cousine et moi commencions un début de poème, Odile non seulement poursuivait mais terminait la totalité du poème que nous avions, nous, largement oublié. Tout y est passé. Rimbaud, Verlaine, Ronsard, La Fontaine et qui encore ? Et toujours du premier vers au dernier, sans un seul mot oublié.

Tout était là, vivant, le ton, la passion, le plaisir, la joie de faire revivre ces grandes heures de la culture française qui ont été sa vie.

« Et vous vous souvenez d'*Oceano Nox*?

– Bien sûr: Victor Hugo, “Oh! combien de marins, combien de capitaines...” »

Je n'ai pas entendu le reste du poème, cité en entier, parce qu'alors mon mari a pris sa place. Mort depuis longtemps, il avait, dans ses heures lyriques, le goût de l'emphase: « Oh! combien de marins, combien de capitaines... » J'en oubliais Odile pour réécouter mon bonhomme.

On dit parfois qu'un vieillard est une bibliothèque vivante, nous l'avons vérifié ce jour-là. La « prof » – et quelle prof! – a refait surface et nous a raconté ce qu'elle avait vécu, aimé, sa vie entière contenue dans les mots d'un poème, une vie dont on ne pouvait guère douter qu'elle avait été pleine et l'était encore. Entendre une centenaire nous raconter sa vie sans ressasser, c'est beau comme… comme… comme un accomplissement, une plénitude, quelque chose qui vous donne à vivre et vous enthousiasme.

Par les temps qui courent et où tout va de guingois, je ne m'attendais pas à être aussi émue par un tel monument de vitalité et de culture. Faut-il un siècle pour peaufiner un homme, une femme ? Faut-il un siècle pour transmettre un vécu aussi plein ? Pour donner envie, enfin, de vivre jusqu'au bout car toute heure est utile !

Les blasés pourraient dire : « Ben quoi ! C'est normal pour cette enseignante d'avoir intégré ses classiques, tout le monde ne baigne pas huit heures par jour dans la culture. Après tout, c'est son métier ! » Soit. Mais notre Odile ne s'est pas arrêtée là. Quand je lui demande comment une centenaire comme elle vit l'approche de la mort, toujours de sa voix assurée, elle me donne une réponse que je ne suis pas prête d'oublier :

« La mort, je la vis comme un mystère. J'ai l'impression, de plus en plus, d'entrer dans ce mystère, cet inconnu, de me laisser saisir, en me posant de moins en moins de questions. Les questions, c'était avant, quand je n'étais pas encore entrée dans ce mystère, maintenant je vais paisiblement vers l'inconnu. »

One foot in sea and one on shore.

« Sans peur ?

– Aucune et même avec une certaine curiosité. »

Toutes nos constructions intellectuelles autour de la mort disparaissent face à l'ultime mystère. Elles n'étaient là que pour dorloter nos peurs. Quand on accepte de se laisser saisir par l'inconnu, on entre dans une autre dimension et toutes ces constructions s'effondrent.

Je pense au Dalaï-lama interrogé sur

la mort et qui disait presque mot pour mot la même chose qu'Odile : « Je ne sais rien de l'après-mort, affirmait-il, mais je me réjouis de le découvrir. »

Croira-t-on encore après cet entretien que les seniors n'ont rien à dire ? Croira-t-on encore à ces politiques de la table rase qui jettent tout passé au profit de lendemains censés chanter ?

Encore et encore, revoir notre copie.

9.
Va et deviens

On souffre de n'être pas entendu et
à la longue, on en devient invisible.
Pour être reconnu, il faut communiquer,
que l'autre vous reconnaisse.
Rachid Benzine

Chaque centenaire, comme chaque humain, est unique. Marie-France, centenaire quand je la rencontre, raconte son parcours sans évoquer son mari, sauf à la fin. Mais je comprends, d'entrée de jeu, qu'il est là, qu'il a toujours été là et que tout ce qui a été vécu est une histoire de couple qui ne s'est jamais quitté.

Elle aurait pu travailler, rien ne l'en empêchait, mais elle n'avait pas le temps. Son mari, médecin, avait besoin d'une secrétaire, alors elle est devenue secrétaire médicale. Besoin de répondre au téléphone, gérer les patients, les rendez-vous, pas de problème. Ils auraient aimé partir en Egypte, mais il ne supportait pas la chaleur.

Au Canada, pourquoi pas ? Aucun des deux ne parlait anglais. C'est alors que « l'ange » qui préside à toutes les destinées leur a donné l'occasion rêvée de… ne pas partir. On leur a offert d'installer leur maison avec jardin, en plein Paris, à la place d'anciennes écuries récemment démolies. L'aménagement du lieu leur a pris une bonne part de leur vie, la naissance d'un fils a orchestré le reste, et c'est ainsi que Philémon et Baucis ne se sont jamais quittés, même pendant les heures de travail. Couple fusionnel ouvert sur la famille, la culture, les amis, les malades, tout ce qui fait une vie. C'est lui qui est parti en premier. Marie-France évoque furtivement son effondrement à la mort de son mari, mais elle est tellement ancrée dans sa vie relationnelle qu'elle repart sur les enfants, les cousins, les amis et les arrière-petits-enfants. Et bien sûr, sa maison, lieu unique dans Paris, dont ils firent tous les deux un havre de paix familial. Une vie pleinement vécue et quelques regrets ici ou là de n'avoir pas travaillé pour elle. Mais, dit-elle, je n'avais même pas le temps d'y penser. Il fallait faire face aux urgences médicales.

Et comment vit-on, après une vie bien remplie, la mort qui vient, de plus en plus pressante avec le temps qui passe ? « Je ne suis pas croyante », dit Marie-France, bien que d'une famille catholique dont les mères et les arrière-grands-mères allaient toutes à la messe. « Je n'ai jamais pu croire à tout ce qu'on me racontait donc je n'attends rien d'autre qu'une fin.

La mienne. Mais je n'ai aucune peur de la mort. C'est pour moi quelque chose de normal et qu'il m'arrive même de souhaiter quand j'en ai marre de vivre. Depuis quelque temps, je ne sors plus, je ne lis plus, je n'entends que d'une oreille, la télé m'ennuie de sorte que la mort me paraît une issue douce eu égard à une fin de vie qui traîne un peu… Mais "on" m'a dit de ne pas m'inquiéter, "on" m'aidera quand je n'en pourrai plus, à partir en douceur. Ça me rassure. »

Je comprends ce qui l'aide à vivre : cette promesse qu'on lui a faite la maintient en vie. Il ne dépend que d'elle et de personne d'autre de décider de dire stop, on arrête tout, j'en ai assez. C'est une immense liberté, voire une sorte de luxe, que de repousser l'heure tant qu'elle le jugera bon et de lever l'interdit quand elle n'aura plus la force de faire face. C'est un choix fait dans un tout autre esprit que celui qui décide du temps et de l'heure en pleine santé. « J'irai, dit-elle, jusqu'à ce que je ne puisse plus supporter. À nous trois : mon corps, mon esprit et mon âme, nous ferons ce que nous pourrons. »

Il y a une grande humilité dans cet état d'esprit que l'on ne peut que respecter. Elle a une attendrissante coquetterie quand elle ajoute, fine mouche : « Mais j'aimerais passer les cent. Il me reste quelques semaines. Rien que pour la gloire ! » Quand je disais que la centaine devient un challenge ! « Oui, me dit-on. Mais dans quel état ? » C'est toute la question, bien sûr. Mais à quelques encablures de l'arrivée, je comprends que l'on soit tenté par la course !

Son problème, en fait, n'est pas la mort. Son problème, c'est le même que celui qui m'avait poussée à faire mon livre sur la mort[4]. Quand on arrive dans ces zones où il devient évident que l'on

---

4. *La mort ? Parlez-moi d'autre chose !*, In Press, 2019.

va s'y confronter (ou s'y rencontrer ? je ne sais pas), on ne peut en parler à personne.

Marie-France, comme les autres qui ont rencontré la question, le disent tous : « Parler de la mort est tabou. » Marie-France s'énerve : « On vous renvoie à des bêtises : "Mais tout va bien, ne pense pas à des choses tristes." On passe son temps à dire : "Mais si, mais si..." et on vous répond : "Mais non, mais non..." » Elle se fâche. Elle est presque en colère. « Pour un peu, on vous traiterait de gâteux en vous disant qu'il n'y a vraiment pas de quoi s'inquiéter et que c'est une déprime passagère qui demande un petit remontant, on nous prend vraiment pour des... » Marie-France est encore trop polie pour dire le mot, mais plus assez pour ne pas dire : « Ils m'emmerdent ! »

Elle met le doigt sur ce que j'avais déjà relevé dans mon livre précédent : la mort est taboue. Quand l'association

OLD'UP dit qu'il faut libérer la parole des vieux, elle pourrait inclure le droit de parler de sa mort quand en arrive le temps. Combien d'enfants, qui ne sont plus des enfants (quand on perd sa mère à cent ans, on est soi-même largement adulte), ne supportent pas que leur nona ou centenaire leur dise qu'il sent sa mort venir et l'empêchent d'en parler ? Ils apprendraient pourtant des choses qu'ils ignorent. Ils apprendraient à cesser d'avoir peur pour apprendre à écouter. À écouter juste, bien sûr. Rien à voir avec le parent qui fait du chantage à sa propre mort pour se faire plaindre. Ce numéro-là est à inscrire dans la colonne « perversité ». Mais un âgé qui a besoin de parler de ce qu'il vit n'en est plus à manipuler les générations suivantes, mais à exprimer le plus intime de son vécu de l'instant.

Sans doute, faut-il, sur ce point, que notre société se décide à mûrir afin d'éviter des « retours » pénibles comme l'a vécu une amie avant de partir. « J'ai essayé d'en parler à ma fille mais elle s'est mise à pleurer… » Si beaucoup d'âgés se taisent, c'est sans doute pour éviter ce carambolage des maturations où, si je parle de ma mort, il va aussi falloir que je te console de me voir partir. On ne peut pas être partout à la fois ! Contraindre les âgés à se taire parce qu'on ne supporte pas soi-même l'idée de la mort est d'une cruauté absolue. Qui meurt ? Moi ou toi ? Est-ce que je n'ai pas le droit de parler et que les vivants se taisent et m'écoutent ?

L'obligation au silence est d'une violence inouïe. Marie-France et moi sommes d'accord : il serait temps que les générations suivantes apprennent à accompagner un âgé au bord de la mort en le laissant exprimer tout ce qu'il a sur le cœur quant à son devenir en marche.

Lorsque je quitte Marie-France après deux heures de conversation chaleureuse, une dernière chose me frappe : « Revenez quand vous voulez, me dit-elle, ça me fera plaisir. On s'est bien entendues toutes les deux. » Elle m'a répété plusieurs fois ce souhait et ce que j'entends très fort dans ces paroles, c'est que lorsqu'on est vieux, presque aveugle, un peu sourd et que les balades ne sont plus possibles, que reste-t-il d'autre que l'échange pour vous faire revivre ? Croit-on vraiment qu'en Ehpad ou chez soi, la télé et des parties de dominos peuvent suffire à combler cette soif vitale d'échanges qui vous fait vivre du début à la fin ? On devrait privilégier les groupes de paroles dans les Ehpads avec le droit d'y parler de la mort si l'on en a envie. Ça ne coûte pas cher et ça fait vivre jusqu'à ce que mort s'ensuive.

Bien sûr, je retournerai rendre visite à Marie-France. Elle m'a fait comprendre en quelques heures beaucoup plus que ce que les Ehpads croient avoir résolu.

Evidemment qu'il faut de l'intendance dans ces lieux, ça, c'est le B.A.BA d'une bonne gestion, mais il faut aussi la chaleur de l'échange. Nous sommes, jusqu'à la fin, des êtres de parole. Le silence nous tue à la longue et nous rend invisibles. On peut, dans ce cas, finir par se demander : est-ce que j'existe encore ? On a le droit d'en douter !

10.
Un dialogue imprévu

Impossible de conclure ce voyage intérieur au-delà des quatre-vingt-dix ans sans remettre les pendules à l'heure à propos de la mort elle-même. Il est de notoriété publique qu'elle a, bien sûr, le dernier mot et qu'elle nous prend même quand on n'en a pas envie, en somme, que nous la subissons, quand elle pointe son nez, sans rien pouvoir faire.

Pour avoir accompagné des mourants et écouté ceux qui s'y confrontent, j'aimerais apporter un bémol à cette apparente certitude. En fait, il semble bien qu'il s'agisse non pas d'une prise de corps et de vie d'un vieillard en fin de parcours, mais d'un dialogue entre la mort et soi, la mort prenant son temps !

J'avais été très frappée par la lecture voici trente, voire quarante ans, de Gitta Mallasz, auteur des *Dialogues avec l'ange* qui a eu, dans son temps, un énorme succès.

Gitta raconte qu'à… quatre-vingt-quinze ans, après avoir œuvré toute sa vie pour la diffusion de son livre, elle donnait à son entourage des signes évidents de fin de vie : grabataire, ne se nourrissant plus, ne parlant guère, elle semblait bien devoir « passer incessamment l'arme à gauche ». Or, raconte-t-elle un peu plus tard, elle s'est alors aperçue qu'elle avait oublié quelque chose dans son projet de livre : elle ne s'était adressée qu'à la France, mais c'est dans le monde entier qu'elle aurait dû répandre la « bonne nouvelle de l'ange ». Dès la prise de conscience de cet inachevé, elle s'est relevée, s'est réalimentée sous l'œil ébahi de ses proches et… s'est remise à vivre pour achever sa tâche. Un peu comme si elle avait dit à la mort : « Pousse-toi encore un peu, il me reste quelque chose d'important à faire ». Sacré dialogue ! Elle est morte un peu après la diffusion de ses livres, *urbi et orbi*.

Après tout, voilà qui ne devrait pas nous surprendre. Combien d'histoires avons-nous entendues sur un père qui a attendu que son fils rentre du bout du monde pour lui dire adieu de vive voix ou d'une mère, d'un époux, d'un enfant qui ont attendu que leur « autre » revienne pour vraiment le quitter ? Il s'agit bien d'un « dialogue avec la mort » où, même grabataire, la liberté demeure d'accepter ou de différer sa fin. C'est là qu'est Marie-France. Tant qu'elle tient le coup, la mort attend… Attend-elle qu'on lui dise oui ? Cela peut sembler étrange que l'on puisse entamer un « dialogue » avec la mort qui nous autorise même à différer la date.

Ainsi cette très vieille dame, plus de quatre-vingt-quinze ans, qui habitait en face de chez moi. Chaque matin, de balcon à balcon, nous nous faisions un petit coucou !

« Ça va ?

– Bof!

– À ce point ?

– J'en ai marre mais je ne peux pas m'en aller.

– Pourquoi ?

– Parce que ma fille dit qu'elle se suicide si je meure ! »

Alors elle attendait... Un jour, une opportunité s'est présentée. Elle s'est cassé le col du fémur, on la transporta à l'hôpital et, protégée entre médecins et infirmières, elle est morte tranquille, sans se soucier de sa fille. Question à la mort : qui décide au *finish* ?

Pourtant, au fur et à mesure que j'avance vers ma fin assurée, alors que je me repasse toutes les idées que j'ai pu avoir sur la fin de vie, je m'aperçois que j'étais loin de me douter que la mort pourrait se présenter comme une rencontre, voire un dialogue. Or, je confirme, il s'agit bien d'une rencontre. Rencontre avec ce qu'Odile appelle le mystère, ç'en est un. Année après année, passé les quatre-vingt-dix ans, il nous avertit que plus on l'accepte, plus l'échange sera doux, non violent, pacifique, comme une évidence, à condition que personne ne vienne en troubler le cours et brouiller cette étonnante harmonie qui s'installe dans une discrétion absolue, dérangeant le moins possible tout ce qui fait ma vie.

One foot in sea and one on shore!

Je soupçonne depuis l'époque où j'ai accompagné des malades en fin de vie que ce sont les vivants qui ont peur de la mort, pas ceux qui sont en train de vivre l'entre-deux. Ceux-là vivent le mystère en direct et ce vécu-là est impossible à communiquer. La distance trop grande entre le « métamorphosant en route » et celui qui n'y est pas encore. Mais que le vivant se rassure, cette paix que l'on voit si souvent sur le visage des morts est un message pour dire : « Rassurez-vous, tout s'est bien passé ». Merci de nous le dire, nous avons eu si peur !

Mais est-ce de la mort dont nous avons si peur ou de la souffrance ? On confond souvent les deux. C'est sans doute pourquoi la mort affiche volontiers cette sérénité qui nous rassure. C'est son ultime message d'amour à ceux qui restent... Tout s'est bien passé. Une femme de quatre-vingts ans réclamait un jour « une place pour vieillir ».

« Vous ne l'avez pas ?

– Non, “ils” (les enfants, le mari, l'entourage) ne supportent pas que je vieillisse. »

En fait, quand les enfants sont matures, ils supportent le vieillissement des parents. Quand ils sont immatures, ils ne le supportent pas.

11.
Une épidémie de centenaires

Lorsqu'on consulte les annonces nécrologiques, ce qui saute aux yeux, c'est cette soudaine « épidémie » de centenaires, spécifiquement des femmes. Quelques hommes aussi semblent tentés par la longévité, mais ils sont moins nombreux. Alors ?

Alors, on nous dit que notre génération a profité d'une meilleure médecine puisque l'accès aux soins était devenu accessible à tous. On nous dit aussi que les femmes se surveillent mieux qu'autrefois, font du sport, multiplient les régimes, vérifient la qualité de leur alimentation et frisent l'hystérie dès qu'elles ont cinq kilos en trop. On nous dit, en somme, que c'est grâce à la science, pas à nous.

Tout ce qu'on nous dit est vrai mais insuffisant pour expliquer cette soudaine longévité qui n'a pas cessé de s'allonger depuis la fin de la guerre de 1940. Etant moi-même de cette génération « de la guerre » comme on disait alors, et au vu de ma propre évolution, je pense maintenant que ce ne sont pas seulement les progrès de la médecine qui ont prolongé l'espérance de vie des femmes jusqu'à cent ans, mais que ce sont les femmes elles-mêmes qui sont devenues plus exigeantes quant à leur vie. En fait, on doit cette longévité à leur libération beaucoup plus sûrement qu'aux progrès médicaux. Si la pression des femmes n'avait pas existé, aurait-on eu quelques philanthropes masculins pour nous inventer la pilule ? Pour que la médecine bouge, il fallait que les clientes bougent et ne se contentent plus des « à-peu-près » de leurs mères.

On oublie vite la mentalité dans laquelle nous étions en sortant de la guerre : les femmes subissaient encore la voie toute tracée du mariage et de la maternité ! Celle-ci (s'en souvient-on ?) « abîmait les corps et interdisait de travailler ». Se souvient-on aussi du nombre de maris horrifiés quand leur femme leur apprenait qu'elle comptait travailler, laissant la garde des petits à des crèches ou à des mains suffisamment expertes pour faire aussi bien qu'elles ? Le droit au travail a été acquis de haute lutte et l'épidémie a été telle que les hommes les plus « tradis » ont dû se ranger devant ce tsunami.

Nous n'avions pas prévu que l'école obligatoire pour tous allait donner des envies de diplômes à des femmes au moins aussi cultivées que les hommes, parfois plus. Nous n'avions pas prévu que la lecture de Montaigne, Voltaire, Einstein et consorts allait apprendre à toutes ces futures mères reléguées dans les nurseries, à avoir envie de déléguer à d'autres des compétences basiques qui n'exigeaient aucun diplôme autre que la tendresse !

Je me souviens que l'envie pressante de travailler m'est venue en poussant le landau du petit dans le square du quartier… Mais, nous disaient les réfractaires, que vont devenir ces enfants sans mère 24 heures sur 24 ? Ils y ont gagné des mères plus ouvertes, plus épanouies, débordées souvent mais qui, pour rien au monde, n'auraient changé leur nouvelle liberté contre un retour à la maternité plein temps.

Il est vrai que toute cette révolution ne s'est pas faite en quelques décennies. La culpabilité des femmes qui travaillaient était tenace vis-à-vis des enfants. Quand la crèche, la nounou ou la fille au pair étaient parfaites, les nouvelles travailleuses dormaient tranquilles, mais s'il arrivait la moindre contrariété, une absence ou une déficience de l'alter ego, une maladie demandant des soins particuliers, une sourde mauvaise conscience refaisait surface. Les seules, en ce cas, qui pouvaient alors calmer l'angoisse maternelle, c'étaient les grands-mères qui ont repris du service pour soulager leurs filles.

Pour que cette révolution des mœurs s'installe, il aura fallu presque vingt ans. C'est seulement après 1968 que cette nouvelle société fut considérée comme définitivement acquise. Il aura fallu que l'on constate que les enfants, moins longtemps couvés par leur mère, développaient plus tôt leur autonomie, et qu'une mère de bonne humeur quelques heures par jour valait mieux qu'une mère frustrée d'une part d'elle-même, sur leur dos toute la journée. On ne parlait plus de présence de la mère mais de qualité de présence.

On n'a plus jamais entendu dire que faire des enfants abîmait le corps des femmes. Au contraire, on voyait de plus en plus de cinquantenaires superbes, épanouies, à la maturité triomphante, ce qui fit dire un jour à un chauffeur de taxi ébloui par des Parisiennes bronzées, rentrant de vacances :

« Elles sont vraiment trop belles, les femmes à cinquante ans !

– Plus que les jeunes ? demandai-je, surprise.

– Oh la, oui ! dit-il en riant. Les jeunes sont mignonnes mais il leur manque la maturité… »

Il a fallu cette réflexion pour que j'observe qu'il disait vrai ! La maturité mise à l'honneur, voilà de quoi surprendre ! Autrefois, il semble que cet espace-là n'existait pas ou peu. On était jeune et, très vite après, on était vieux.

Et puis, ce qui était nouveau, c'est qu'on découvrait que la sexualité n'était pas seulement faite pour faire des enfants. « Un enfant quand je veux et si je veux. » On se souvient de ce slogan soixante-huitard. En 1965, la pilule a confirmé que, désormais, nul besoin d'être enceinte après avoir fait l'amour. Cela aussi changeait tout.

Je ne sais pas si on a bien remarqué qu'une femme de soixante ans actuellement se confond volontiers avec une de cinquante ? Comment vont-elles, ces sixties, assurer la suite ? Vont-elles désormais accepter de vieillir ? Refuser et tout faire pour avoir l'air d'avoir dix ans de moins ? La chirurgie esthétique est là pour faire reculer l'inévitable. Certaines femmes se laissent tenter. Mais c'est en regardant les autres que l'on comprend où vont s'inscrire les futures centenaires.

Retraite en poche, la question est : « Et maintenant, qu'est-ce qu'on fait ? »

Libres de leur temps, les enfants élevés, pas question de s'installer dans un fauteuil en attendant le déluge. Les futures centenaires sont des sages et savent qu'il ne suffit pas d'un coup de bistouri pour se sentir jeunes. Ça, c'est juste du bluff. Alors ?

On rassemble ses forces, on fait le bilan de ce qu'on sait faire et de ce qu'on a envie de faire et on plonge dans le bénévolat ou la reprise d'une activité aimée abandonnée en cours de route. Associations en tous genres, peinture, sculpture ou piano ou, ou, ou, on a l'embarras du choix et le temps de se former. Alors, on fonce sous l'œil médusé d'un mari qui se demande quand est-ce qu'elle s'arrêtera pour s'occuper un peu de lui, lui qui comptait sur elle pour l'animation de ses vieux jours. « Fais comme moi, occupe-toi ! » dit la septuagénaire qui n'a aucune envie de tenir la main de son vieux mari qui croit encore aux jours anciens.

Je me permettrai de faire délicatement remarquer que si les époux suivaient les mêmes voies que leur femme, ils pourraient parfaitement faire des centenaires brillants ! Certains le savent. Edgar Morin l'a fait. Au lieu de quoi (mais je ne veux critiquer personne !), j'observe qu'un peu trop souvent, ils préfèrent en finir avec cette chienne de vie dont on ne peut jamais tirer aucune sécurité, même pas celle d'avoir auprès de soi une petite femme attentionnée comme ils eurent sans doute une mère attentionnée qui leur assurait les « allô, Maman, bobo » !

Je reviens à Comte-Sponville. Et si les hommes de demain remerciaient leur mère de ne pas les avoir trop choyés, leur permettant ainsi de s'en détacher plus aisément ? Voilà qui permettrait aux épouses de cesser de clamer sur tous les tons : « Débrouille-toi je ne suis pas ta mère ! »

12.
Exercice de « revisitation »

Si je me permets d'insister sur la différence entre le ressassement et la revisitation, c'est que l'un vous laisse sur place, comme figé émotionnellement sur l'image évoquée, quand l'autre vous plonge dans une réflexion consciente, possible des années plus tard, le regard conscient étant naturellement plus éveillé, mûri en somme, livrant un sens qui nous avait autrefois échappé.

Un film, lui aussi revisité, me donne l'opportunité d'un autre exemple. Récemment, je revoyais *Le Guépard*, offert par Arte pour les fêtes de Noël. Réalisé de main de maître par Visconti, interprété par deux sacrées pointures : Burt Lancaster et Alain Delon. Ceux qui l'ont vu en connaissent l'histoire. Je résume : le film raconte l'histoire du vieux prince de Lampedusa qui sent venir sa fin dans une Italie en plein *risorgimiento*[5], engagée dans le nouveau monde de la démocratie qui bouscule les pouvoirs d'une aristocratie en place depuis des siècles. C'est la fin d'une ère en Italie, et le film met en scène le jour où le jeune prince Tancrède, fils adoptif du vieux prince, épouse une beauté rare (Claudia Cardinale) issue de cette nouvelle société dont l'argent et l'ambition sont les seuls titres de noblesse.

Ce soir-là, le bal au château bat son plein pendant que le vieillard, triste, sent très fort la mort venir sur lui-même mais aussi, et surtout, sur cette société en pleine décadence avec laquelle il se confond. Seule la présence des jeunes

5. Mouvement d'unification de l'Italie au XIXe siècle.

mariés le réjouit, lui apportant un peu de jeunesse et de beauté. « On raconte, dit la jeune épousée au vieux prince, que vous fûtes un merveilleux danseur ? » Comment ne pas répondre à une si charmante invitation ? Il ne peut pas refuser le flot de souvenirs qui lui montent à la tête, ni la beauté de la jeune femme qui provoque une belle opportunité.

Visconti nous offre alors une scène éblouissante où le vieux prince, rajeuni sous l'offre, l'alcool, la musique et la jeune femme, se lance dans un superbe retour en arrière. Il est… magnifique. Il a vingt ans, trente ans, plus encore ? C'est toute une époque qui se réveille en lui, une allure, une « classe » comme on dit désormais, à couper le souffle, y compris celui de la jeune épousée, émerveillée par tant de panache. Mais, chacun sa place ! Tancrède, le neveu, craint que l'oncle n'en fasse un peu trop… Jaloux ? Il y a de quoi !

Ressassement ou revisitation ? On hésite… mais non, il s'agit bien d'un ressassement, parce que le retour à la réalité est brutale. Quand cesse la valse, cesse l'illusion de la jeunesse ; il n'est plus qu'un vieillard qui contemple un tableau de famille où tout était toujours en place pour le quadrille, sauf que lui sent très fort que c'est le dernier quadrille. La conscience s'est laissée engloutir par la force du souvenir. Le réveil est douloureux, ce qu'il n'est pas dans une revisitation.

Une part de lui, pourtant, aurait pu l'amener à revisiter la scène. Il ne la rendra pas consciente. Le désir d'une dernière danse le pousse trop vers un « encore » bien compréhensible, il « sent » que ce vieux monde est périmé, que ces jeunes femmes issues de ce monde-là sont « démodées, désuètes », elles ne donnent pas envie à côté de la beauté triomphante de cette jeune bourgeoise, à la sexualité presque agressive. Elle n'a peut-être pas les « manières » d'un monde en train de disparaître, mais elle a le sens de la vie.

Si le vieux Lampedusa avait poussé son observation d'un soir plus loin que le stade nostalgique du souvenir figé, il aurait, par la magie de la conscience, « remit l'Histoire en marche ». Ce qui reste là, figé, reprend vie. Il n'a plus d'âge. Il est l'Histoire elle-même en marche. Toutes ces jeunes oies blanches issues de la même société que lui, il les trouve grotesques parce qu'elles ressemblent plus à des perruches entassées dans une volière qu'à une envolée de cygnes printanière. Elles ont tout, ces jeunes filles : le nom, la fortune, la lignée, tout sauf ce qu'a cette jeune bourgeoise que Tancrède va épouser : la vie en marche dans toute sa beauté.

Dommage qu'il ne le voie pas et ne s'interroge par sur ces « oiselles », filles de leurs mères, coincées elles-mêmes entre la messe et le devoir conjugal. L'envolée de leurs vingt ans sera courte, on a déjà préparé les couteaux qui leur couperont les ailes. Il le sait bien, lui, le vieux dont l'épouse, chaque soir, fait son signe de croix avant de se mettre au lit (sait-on jamais !) sous l'œil consterné de son époux rêveur.

Ne pas revisiter sa vie, n'avoir pas envie de pousser au-delà du vécu plat de l'événement, à la recherche du sens derrière les apparences, n'est-ce pas se condamner à être vieux… et à le rester ? Alors que la conscience, redonnant vie et sens à l'image, transporte notre esprit plus loin, le rend plus large, plus grand que ce que l'on croyait fini – on n'en a jamais fini avec le devenir. Le prince, en ressassant, a réduit l'histoire à n'être qu'un instant fort triste parce que sans devenir. Quand sait-on que l'histoire, pour chacun, s'arrête ? Quand on a perdu son « château » ou quand on a perdu le goût de vivre ?

Il y a toute une réflexion sur le vieillissement qui n'a pas encore été entreprise. Il est temps peut-être d'y penser. On s'ennuierait moins dans les Ehpads ! Question de cours : quand est-on vieux ? Réponse provisoire ou définitive : quand on a perdu le goût de découvrir.

Et lorsque les souvenirs ne sont pas des invitations à réfléchir plus loin. Qu'ils ne sont plus que des miettes de vie quand la revisitation aurait pu les changer en festin.

OLD'UP est un réseau de réflexion, d'échange, d'action et de recherche. Tous ses membres sont des personnes âgées et très âgées. Depuis 2008, l'association propose des groupes de parole et des ateliers créatifs, met en œuvre des projets de recherche-action, communique sur des sujets essentiels liés à la vieillesse. Avec un mot d'ordre : donner (enfin) la parole aux vieux pour construire avec eux une société où ils auront leur juste place. Et un objectif : donner du sens et de l'utilité à l'allongement de la vie.

www.oldup.fr
contact@oldup.fr

Rejoignez-nous sur les réseaux !

 @oldup.lesvieuxdebout

 @AssoOldup

 Old'Up

 OLD'UP La génération des vieux debout

TABLE DES MATIÈRES

Préface	7
Introduction	11
1. Le jour de mon anniversaire	17
2. En même temps	21
3. Un pied en mer et un sur le rivage	29
4. Mon ego n'aime pas la mort	35
5. Quel jardin cultiver ?	41
6. Transmettre, oui, mais quoi ?	53
7. Les jeunes générations nous regardent vieillir	61
8. Sacrée Odile	65
9. Va et deviens	71
10. Un dialogue imprévu	81
11. Une épidémie de centenaires	87
12. Exercice de « revisitation »	97

www.ingramcontent.com/pod-product-compliance
Lightning Source LLC
LaVergne TN
LVHW010433230826
846092LV00009BA/1149

* 9 7 9 1 0 3 0 2 0 4 6 9 8 *